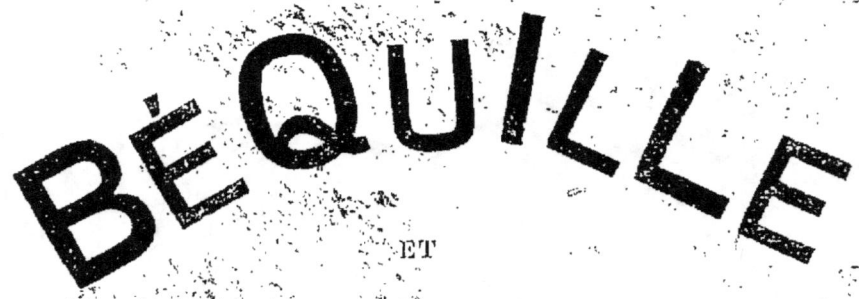

BÉQUILLE

ET

FLEUR DE LYS

PAR

LÉO TAXIL

PRIX : **10** CENTIMES

MARSEILLE

EN VENTE CHEZ TOUS LES LIBRAIRES ET LES KIOSQUES

15 Juillet 1873

FÊTE DU GRAND ROY HENRY ! ! !

BÉQUILLE ET FLEUR DE LYS

Marseille, 14 juillet 1873.

Eh bien ! le général Espivent a eu une belle idée en me suspendant pour trois mois ; c'est peut-être même la plus belle idée qui ait jamais germé dans son vastissime cerveau.

Dans ce mépris souverain qu'il professe pour la presse, — ce ramassis de va-nu-pieds et de forçats libérés qui, ayant horreur du travail, ont trouvé le moyen d'escroquer quelques sous au pauvre public en noircissant leur papier de cent sottises et de mille infâmies, — cet homme de guerre s'est dit, ou a dû se dire :

« Tous les journalistes réunis ne valent pas quatre sous du pape, et ce serait rendre un éminent service à la Société que de la débarrasser de cette maudite engeance ; néanmoins, il importe de faire une distinction : les uns sont inutiles, les autres sont dangereux. Je dois supprimer ceux-ci ; quant à ceux-là, je veux faire preuve de clémence en les conservant, comme on conserve des anchois ou des cornichons. Quelques-uns même, les *Citoyennards*, par exemple, ont une certaine utilité : leur journal, qui se vend au kilog, sert assez bien à frotter les poëles et à autre chose encore ; je les laisserai vivre. Mais il n'en sera pas de même des pétroleurs endurcis qui rédigent la *Jeune République* ; ventre saint gris ! je les suspendrai haut et court. »

Et là-dessus, mon général vous a lâché le remarquable arrêté que chacun connaît.

Tout condamné a vingt-quatre heures pour maudire son juge, dit-on. Pour moi, je ne me suis pas payé cette petite satisfaction ; car le général Espivent n'étant pas un juge, je n'ai nullement le droit de le maudire. Je me suis tout simplement prosterné devant son ukase, et j'ai trouvé, après de mûres réflexions, que ce qui m'arrivait était on ne peut plus mérité.

Car, en définitive, voici les chaleurs ; le thermomètre, à midi, marque 44 degrés et demi ; et, avec une telle température, il n'est pas prudent de laisser courir les rues aux chiens sans muselière. Donc, on a bien fait de m'interdire la voie publique jusqu'aux premiers jours de l'automne.... Si j'avais mordu quelqu'un ?

En outre, mon journal étant réputé objet incendiaire, il y avait fort à craindre que, par ce soleil tropical, il ne vint à s'enflammer tout d'un coup, et à mettre ainsi le feu à tous les monuments de la ville et de la banlieue, depuis l'ermitage du Cabot jusqu'à l'obélisque de Castellane.

Enfin, pourquoi me fâcher, quand la différence, établie par l'autorité militaire et la *Jeune République* et le *Citoyen* (qui ne se gêne pas non plus pour débiner ses contemporains), est tout à mon avantage et se résume en ceci :

« *La Jeune République* est une torche, et le *Citoyen* est un torchon » !

Depuis que mon terrible journal est suspendu, nombre de mes collaborateurs ont pris le train de plaisir à 34 francs, et ont profité de nos vacances pour aller voir à Paris le grand Shah Angora,

L'un d'eux, Ergasile, m'envoie une lettre pleine des détails de la réception faite à cet illustre sectateur de Mahomet. Je me garderai bien de la reproduire pour deux raisons : La première, c'est qu'elle intéresserait peu mes lecteurs qui se soucient très médiocrement de savoir si Naser-eddin a passé sous un arc-de-triomphe en velours bleu et s'il se couche avec une chemise de laine verte ; la seconde, c'est que ça tiendrait da la place.

Mais dans les documents que je reçois de mon cher et dévoué collaborateur, il en est un qui ne peut manquer de faire palpiter le cœur des masses et que je m'empresse de livrer — quoique peut-être apocryphe — aux orages de la publicité.

C'est la lettre suivante qui est censée émaner de la machine à 12 manifestes à la seconde, *aliàs* d'Henry de Chambord, de vénérable pied-bot.

A M. LE MARÉCHAL DE MAC-MAHON ET A SES MINISTRES

La renommée aux cent voix m'apprend que vous donnez des fêtes splendides en l'honneur du passage du Shah en notre beau pays de France. Vous ne pouvez vous faire une idée du plaisir que cette nouvelle me cause ; car je ne partage pas la manière de voir de mon ami Veuillot, qui se montre scandalisé de ces réjouissances offertes à un prince ennemi de notre sainte religion.

Je me dis : «Bigre ! si l'on fête si magnifiquement un roy étranger, quelle réception va-t-on me faire, à moi, le légitime et seul roy de France et de Navarre ?»

Tous les cochers de fiacre que fréquentent les rédacteurs du *Figaro* sont aussi de cet avis.

En conséquence, Messieurs, vous serez bien aimables de préparer une entrée mirobolante à votre bon ami qui, languissant de vous faire baiser son épée, de roy et de vous presser sur son cœur de père, va bientôt vous pousser une visite à l'occasion de la fête de son saint patron.

Je vous embrasse sur le front.

HENRY.

Frosdorf, 12 juillet 1873.

Cette demande est juste, comme un pantalon de la *Belle Jardinière* ; cette réclamation est très légitime, aussi légitime que celui qui l'a faite.

Donc, notre excellent gouvernement ne peut passer outre : il doit faire, dans le plus bref délai installer tout ce qu'il faut pour recevoir convenablement le fils de tant de rois, le descendant de tant de saltimbanques couronnés.

._ Voici d'abord l'ordonnance que je propose et que je serais heureux de voir revêtue de la griffe de Son Excellence M. le duc de Broglie :

ORDONNANCE
relative à des
RÉJOUISSANCES PUBLIQUES
EN L'HONNEUR DE LA SAINT-HENRY

Considérant que la France n'a pas de fête nationale et que cependant il lui en faut une, ne serait-ce que pour marquer le regret profond à nous occasionné par la perte de l'Alsace et de la Lorraine ;

Considérant que ni le 4 septembre, ni le 14 juillet ne peuvent être choisis pour ce jour-là, ces dates ne rappelant rien de merveilleux au souvenir des Français, si ce n'est qu'ils ont démoli des trônes, travail dont est capable le dernier apprenti menuisier ;

Considérant que Mgr le comte de Chambord attend depuis quarante années, ce qui prouve qu'il est l'homme patient par excellence ;

Considérant que son patron s'appelle Henry, et que la Saint-Henry se célèbre le 15 juillet selon les usages réglés par l'Eglise ;

Considérant encore que ce prénom a été porté en France par les hommes les plus illustres, tels que Henry Quatre, le grand monarque à la poule au pot, et Henry Olive, le spirituel rédacteur de la *Gazette du Midi* ;

Vu le calendrier Grégorien et l'Almanach de la cuisine bourgeoise,

Tout bien pesé et apprécié,

ARRÊTONS :

D'abord tous les républicains,

Et puis ce qui suit :

Article premier. — Le 15 juillet est désormais la fête nationale de la France.

Art. 2. — Ce jour-là des réjouissances publiques auront lieu dans toutes les communes, en l'honneur de St-Henry, patron du comte de Chambord.

Art. 3. — Pendant toute la durée de la fête, les ateliers et magasins seront fermés, et la loi sur l'ivresse ne sera pas en vigueur.

Art. 4. — Un programme des réjouissances sera dressé par les soins des préfets, et les maires devront s'y conformer exactement, à peine de destitution.

Art. 5. — Voilà tout.

Vu par le Garde des sceaux,

Logratin.

Passons maint nant au programme des réjouissances qu'il conviendrait de faire en notre ville de Marseille.

NOTA. — Il est aujourd'hri un peu tard pour l'exécuter ; s'il a le bonheur de plaire à qui de droit, on pourra, pour cette année, le renvoyer à la Saint-Louis.

I. — Comme les républicains pourraient gêner la fête, il faudra d'abord les mettre hors d'état de nuire, en d'autres termes les mettre à l'ombre. Pour cela, on les autorisera par décret préfectoral à fêter par des banquets l'anniversaire de la prise de la Bastille ; seulement, quand ils seront tous réunis, on entourera les salles de festin par des pelotons de chasseurs à pied et on les emmènera de là coucher au Château-d'If comme ayant abusé de la permission en faisant des réunions en armes. — Les couteaux et les curedents trouvés sur la table sont considérés comme armes.

II. — Un bon truc pour pincer les libres-penseurs consistera à faire avaler, à quelques-uns d'entr'eux, des boulettes faites avec des numéros du Citoyen : comme des chiens qu'ils sont *(en-tarro-chin)*, ils seront empoisonnés, et les autres ne manqueront pas d'organiser aussitôt des enterrements civils. Ce qui permettra d'arrêter les convois et de fourrer au bloc tous ceux qui en feront partie ; les morts seront mis en fourrière jusqu'au lendemain de la fête.

III. — Le 14 juillet au soir, les cloches des églises sonneront à toute volée pour annoncer la solennité. Les rues seront pavoisées, les maisons particulières illuminées ; les musiques militaires joueront leurs airs les plus entraînants, tels que : *Joséphine*, *Ma clé* et *J'ai un pied qui remue*.

IV. — Le lendemain, dès le lever de l'aurore, les croix seront dressées dans tous les carrefours et devant la porte de tous les mastroquets ; sur chacune clouera soit un rédacteur de l'*Égalité*, soit un bre de l'*Athénée méridional* ou du *Cercle de vendance*. Leurs cadavres ne seront décro-

chés le soir que pour être enduits de poix et ser-
vir de torches pendant les illuminations.

V. —A sept heures, le fort de Notre-Dame de la
Garde bombardera les maisons d'Endoume et de
Mempenti , pendant que le môle de Saint-
Jean enverra quelques obus au quartier environ-
nant, et que la caserne Saint-Charles mitraillera
les habitants de la Belle-de-Mai.

VI. — A huit heures, à la
cathédrale, messe en musique
chantée par l'évêque accom
pagné par la voix mélodieuse
de M. Roux. Après la messe,
cantique à l'Esprit-Saint pour
le prier d'éclairer les hono-
rables membres de l'Assemblée nationale sur le
choix qu'ils auront prochainement à faire d'un
roy.

VII. — A dix heures, revue solennelle des trou-
pes sur la Cannebière, et départ d'une grande ca-
valcade représentant les croisés se rendant à
l'enterrement de Malborough; l'armée, escortant
le cortége, se rendra aussitôt au Prado.

VIII. — Avant le dîner, qui sera donné aux no-
tabilités dans le parc du Château Borély, jeux nau-
tiques par les membres de toutes les confré-
ries de pénitents de n'importe quelle couleur.

Courses au canard par les cléricaux qui voudront donner une preuve de leur talent natatoire.

IX. — A deux heures, jeu de bouchon pour les abonnés de la *Gazette du Midi*. On ne jouera qu'avec des pièces de vingt francs ; le produit du jeu sera envoyé au prisonnier du Vatican.

X. — Tir à la cible pour les carlistes de passage dans la ville. Tous ceux qui feront mouche dans une fleur-de-lys, recevront un baiser de l'abbé Magnan et le grand cordon de l'*Escargot en retraite*.

XI. — Grand concours des boulangers pour obtenir le pain d'une ferme plus coquette que la forme ronde. — Grand concours des architectes pour avoir un plan de tinette plus commode que celui actuellement adopté.

Parenthèse. — Notre ami Tigedebotte, qui est expert dans la matière, proposera une tinette ayant la forme de fleur-de-lys allongée : deux branches servent d'anses, et le pétale du milieu fait un couvercle. Espérons que ce récipient amblématique aura le prix.

XII. — Remise des pétitions, placets et suppliques demandant des bureaux de tabac ou des pensions alimentaires. Ces lettres seront envoyées au comte de Chambord par les soins du 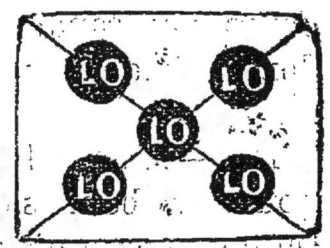 marquis Sauvaire et recevront, deux jours après, une réponse négative.

XIII. — Grand quadrille, dansé par les frères de la Doctrine chrétienne, avec accompagnement de mirlitons et d'ophicléides.

XIV. — Jeu de la décoration. Une croix d'honneur sera suspendue très haut, et pour l'avoir, il faudra, les yeux bandés, la faire tomber avec un bâton de 1 m. 50.

Clause spéciale. — Si Bédaride se met sur les rangs pour ce concours, il lui sera interdit de lever la tête en l'air ; car, dans cette position, il lui serait trop facile de décrocher la croix d'honneur avec son nez.

XV.— Course à quatre pattes pour les membres du *Cercle de Provence*. Prix : un superbe mouchoir blanc brodé aux initiales du vainqueur, par une artiste du Café Parisien.

XVI.— A six heures, retour en ville aux sons éclatants de toutes les orgues de Barbarie réunies pour la circonstance et jouant chacune un air différent.

XVII.— A huit heures et demie, feu d'artifice et réilluminations. Chants d'allégresse. Baccarat dans tous les lieux publics.

XVIII.— A minuit, sommeil des justes.

J'ai calculé que, si l'on faisait cette fête, les loueuses de chaises, ainsi que les marchandes d'avelanes, de berlingots et d'oublies, feraient une journée d'au moins trente sous. C'est une considération qui doit faire accepter le programme ci-dessus.

Le lendemain, pour compléter ces réjouissances qui auraient intéressé tous les honnêtes gens, tous les hommes d'ordre, pour ajouter un épilogue à cet ouvrage conservateur, pour couronner cet édifice essentiellement légitimard, Paris et la France assisteraient à une

GRANDE SURPRISE

Un gros joli casque, bien luisant, bien solide, viendrait se promener dans la capitale, et de dessous ce casque sortirait.... ?.... notre bien-aimé Henry V !

Malheureusement, ce beau rêve ne se réalisera pas ; car voici la réponse faite par nos gouver-

nants à la lettre du vénérable comte de Cham
bord :

« MONSEIGNEUR ,

« Vous avez un fier toupet de venir nous demander
une réception plus belle que celle que nous faisons
au Shah. Avez-vous donc oublié que nous sommes
conservateurs et qu'en cette qualité nous devons con-
server résolument la République qui nous a été
confiée ?

« Si vous ne comptez que sur nous pour réinstaller
votre trône, vous avez le temps d'enfiler encore beau-
coup de perles. Sachez, Monseigneur, que nous sommes intègres, et que, du moment que le sort de la
France se trouve entre nos mains, la République sera
bientôt pour jamais *fondée*. »

Le dernier mot étant mal écrit, nous le don-
nons sous toutes réserves.

C'est à l'histoire qu'il est réservé de nous ap-
prendre si cette lettre ne se terminait peut-être
pas par le mot *fondue*.

LÈO TAXIL.

O grand Saint Louis, monarque clément qui faisiez percer la langue aux conducteurs d'omnibus qui disaient SACRÉ NOM DE DIEU, *roy chaste qui êtes mort de la peste asiatique, veillez toujours sur votre descendant Henry Cinq, comme le douanier veille sur le tabac de contrebande !*

(8 jours d'indulgence à tous ceux qui réciteront 349 fois cette invocation).

Marseille. — Imp. Com. J. Bernheim, rue Moustiers, 7.

POUR PARAITRE

Dimanche 20 Juillet

UNE RÈGLE

DE LA

SYNTAXE POLITIQUE

A l'usage des Journalistes
qui ne tiennent pas à faire connaissance
avec le fort Saint-Nicolas

Et de ceux qui n'aimeraient pas avoir d'autres
agréments de ce genre

PAR

LÉO TAXIL

Les brochures politiques de LÉo TAXIL
sont en vente chez les libraires et dans les
kiosques.

Elles ne peuvent être tenues; néanmoins,
qu'à l'intérieur.

Marseille. — Imp. Comm. J. Bernheim, rue Moustiers, 7

www.ingramcontent.com/pod-product-compliance
Lightning Source LLC
Chambersburg PA
CBHW061523170626
46811CB00004B/1812